AF397228

# Aulis Antamaa

## Aatoksia

Kustantaja: BoD – Books on Demand, Helsinki, Suomi

Valmistaja: BoD – Books on Demand – Norder-stedt, Saksa

ISBN: 978-952-80-4799-5

Latteuksien sorvaaminen on hauskempaa kuin niiden lukeminen.

Delegoi harkiten, niin vältyt turhalta deletoin-
nilta.

Helpompi on syntisen päästä taivaaseen kuin TV-juontajan suorittaa tutkinto.

Etäisyys vetää armoa vanavedessään.

Kyllä Afganistanissakin kaikki kääntyy parhain päin, kun vaan uskovat lujasti Jumalaan.

Maailmassa on kahdeksan miljardia besserwis-
seriä.

Tuhlaan arvokasta aikaa kirjoittamalla tätä lausetta.

Ihminen ja maa muodostavat yhdessä valtavan haaskuun savotan.

Elämän hauraus koettelee vahvuuttani.

Kiltillä kuuntelijalla on usein korkea veren-
paine.

Pyri aina kertomaan totuus ja opit elämään yk-
sin.

Sataa. Kohta saan nähdä uuden sadetakkisi.

Juoksin ympyrää onnen perässä, kompastuin,
ja siinä se oli.

Aika kuluu niin nopeasti, mutta se on jälkivii-
sautta.

Äänekäs ihminen on parhaimmillaan, kun hän sukeltaa.

Kuuntele oppinutta miestä, mutta tarkista en-
sin varauloskäynnit.

Tärkeintä elämässä on hengittäminen. Eikä se-
kään ole tärkeää, kun taivaan portit aukeavat.

Meillä kaikilla on vain yksi elämä aikaa kuormit-
taa ympäristöämme.

Valituksen aiheet loppuvat yleensä mullan alla, mutta sitä ennen on tarkistettava haudattavan pulssi.

Nyt lipettiin – aforistikko on astumassa lavalle.

Parempi kipollinen mämmiä kuin hatullinen
paskaa.

Ei maailmasta tule valmista muita ojentamalla.

Viisas osaa näytellä tyhmää oikeaan aikaan oikeassa paikassa.

Näytä minulle vaatimaton solisti, niin näytän si-
nulle miehekkään floristin.

Puhelinkameroista on seurannut valokuvataiteen inflaatio.

Vapaaehtoisena säästät muiden aikaa ja leimaudut yksinkertaiseksi.

Kannattaa miettiä tarkkaan, ennen kuin suorittaa nopean siirron.

Syksyllä saan taas polttaa kynttilää molem-
mista päistä.

Älä hyppää matalaan päähän. Vältyt jysäriltä.

Mihin Jumala katosi? Tuliko sille kiire luojansa luokse?

Olla nuori ja kuolematon. Ja naurahtaa sitten
joskus.

Syö, juo, nai ja nuku. Ja sählää jotain siinä välissä, jos se nyt on niin tärkeää.

Sitä luulee jo jotain kokeneensa, mutta sitten seniori tuhahtaa vieressä.

Ympyrä sulkeutuu. Kaikenlaista sitä jaksoikin siinä välissä.

Mitä parempi perse, sitä useampi kosija. Mitä useampi kosija, sitä arempi perse.

Ole tuhlaajapoika. Mitään et täältä mukaasi saa.

Kuuntele viisasta miestä, mutta jätä valtavasti aikaa muulle.

Anna pöydälle nostetulle kissalle kipollinen kermaa.

Rakkaus mykistää suulaimmankin.

Suvi on kesäihmisen parasta aikaa.

Maailmassa on kahdeksan miljardia toisinajat-
telijaa.

Suomessa on viisi miljoonaa tapaa olla huo-
maamatta erikoisuuden tavoittelijaa.

Näytä minulle empaattinen populisti, niin näy-
tän sinulle sympaattisen narsistin.

Hurskastelu on terävän aforismin vihollinen.

Huomaat hioneesi kärsivällisyydestä timantin,
kun vain hymähdät niille, jotka toteavat koke-
neensa jo kaikenlaista ikäänsä nähden.

Parempi pökäle pöksyissä kuin pöytähopeat pöntössä.

On hyvä puhdistaa hammasvälit, ennen kuin astuu rakkauden valtakuntaan.

Näin jo valoa tunnelin päässä, mutta sitten yli-
ajava metro pimensi näkökenttäni.

Kerro voinnistasi ja valmistaudu kommentteihin lehmän hermoin valjastettuna.

Kuunnellessasi kirjaviisasta älä unohda kahvia ja kofeiinitabletteja.

Onnellinenkin elämä on tuhoon tuomittu.

Tahdotko vaeltaa iloiten vai surren läpi kuole-
man kierteen?

Pimeässä huoneessa olemme hiukan lähem-
pänä demokratiaa.

Koskaan ei ole liian myöhäistä herätä aikaisin.

Ota sormi pois perseestä ja upota se pullataiki-
naan.

Kuuntele sivistynyttä herraa. Saat kirkkaimman kruunun.

En kadu mitään. Hyydyn keinutuoliin.

Minulla on paljon asiaa. Mihin kaikki kuunteli-
jat katosivat?

Hän pitää itseään merkittävänä. On aika vaihtaa maisemaa.

Hiostavinkin hellekesä on vain yksi niistä muutamista, jotka me saamme kokea.

Raskainakin hetkinä tuntuu vaikealta päästää irti tästä kaikesta. Onko se jonkinlaista rakkautta elämää kohtaan?

Ei kannata enää juosta, jos on paskat jo hou-
sussa.

Kaikki rakastavat iloista antajaa.

Antamisen ilo. On se klisee, mutta ei suotta.

Jos vielä kerran? Opettele hyvä ihminen luopumaan.

Ei ne suuret saavutukset, vaan pienet odotuk-
set.

Kaikki tämä vapaus kumisee kaipuuta ja tyh-
jyyttä.

Luovu rohkeasti, mutta iloitse salaa siitä.

Meitä on liikaa, mutta ei se ole sinun vikasi.

Synnyt, elät, kuolet. Älä kysy miksi, vaan miten.

Nuoruutta leimaa malttamaton odotus ja ma-
televat päivät. Vanhempana aamiaisen ja päi-
väunien välissä tulee kiire.

Mitä vähemmän vaatii, sitä rikkaammaksi varttuu.

Onni on ymmärtää, mikä hinta vapaudesta kannattaa maksaa.

Sain kaiken pieninä välähdyksinä matkan var-
rella.

Koskaan ei voi olla liian varovainen sen suhteen kenelle oivalluksistaan kertoo.

Sain sen mistä luovuin, mutta koen edelleen lohdutonta kaipuuta.

Kaikki ne katseet ja kosketukset. Viisaampana olisin ahnehtinut enemmän.

Liikut, aistit ja hengität. Mitä sinulta puuttuu?

Kaipasin tätä rauhaa. Miksi olen niin levoton?

Yritä ja erehdy. Ja onnistu aina välillä.

Katso sisarusten kinastelua. Näet mistä sodat syttyvät.

Onni on hengittää rauhallisesti ja tuntea ole-
vansa olemassa.

Katso pääskysten lentoa, jos tahdot unohtaa it-
sesi.

Nuku ja toivo parasta. Kiitä onneasi, jos herättyäsi vielä tokenet.

Mittumaari on juhannusihmisen parasta aikaa.

Uusi päivä sudenkuoppineen on kuin luotu kolmiloikan mestareille.

Varo vapaata taksia, kun ylität katua.

Vanhene ja opi tyytymään vähempään.

Avaa suusi nakkikioskin jonossa, jos kaipaat jännitystä elämään.

Lupasin, että tästä tulee hyvä päivä – olenhan
mestari tinkimään.

Vielä tänäänkin saan mahdollisuuden luoda muistoja.

Arvostan monia menettämiäni asioita.

Ota esiin matkavalokuvat, jos vieraat viipyvät liian pitkään.

Työttömyys voi johtua myös misantropiasta.

Älä jaa elämän valttikortteja.

Tänään maltoin kuunnella.